Das ICH bin

Milan Meder

Das ICH bin

Impressum

Bibliografische Information der Deutschen Nationalbibliothek:
Die Deutsche Nationalbibliothek verzeichnet diese Publikation in der Deutschen Nationalbibliografie; detaillierte bibliografische Daten sind im Internet über http://dnb.dnb.de abrufbar.

Herstellung und Verlag: BoD – Books on Demand, Norderstedt

ISBN: 978-3-7504-5630-3

Erstes Kapitel

Mit 33 Jahren musste ich in Auschwitz sterben. Ich wurde einfach vergast und meine Asche wurde den Abhang hinuntergekippt.

Ich war damals die älteste Tochter von fünf Geschwistern.

Ich war immer sehr still gewesen.

Nur manchmal liebte ich das Singen.

Handarbeiten fielen mir leicht.

Sehr gerne kümmerte ich mich um meine Geschwister.

Mein stilles Wesen passte nicht in die laute Hitlerzeit.

In Ungarn wurde ich einem deutschen Arzt vorgestellt und es wurde bei mir Schizophrenie diagnostiziert.

Dann wurde ich sterilisiert.

Dabei hatte ich mir so sehr eine Familie gewünscht.

Einen Freund hatte ich auch schon.

Noch einmal durfte ich im Sommer 1935 nach Hause.

Dann wurde mir meine Freiheit für die fünf letzten Jahre meines Lebens weggenommen.

Zweites Kapitel

Jetzt im Jahre 2033 war meine größte Angst, dass Hitler
wieder kommen würde.

Ich war ja selbst wieder da.

Warum sollte er nicht auch wieder kommen können?
Anhänger hatte er ja genug!

Ich glaube an Ursache und Wirkung.

Jetzt, in diesem Leben hatte ich alles, was ich wollte. Und ich
hatte Angst, dass es mir zerstört werden könnte.

Ich war ein Mann. Schon allein diese Tatsache war für mich
eine innere Genugtuung.

Ich hatte selbst einen Lebens- und Fortpflanzungstrieb in mir.
Und diesmal war ich nicht mehr den destruktiven Trieben
irgendwelcher Männer ausgeliefert.

Ich hatte endlich Kinder, die ich mir im letzten Leben so
sehnlich gewünscht hatte.

Ich war mit einer wunderbaren Frau verheiratet.

Auch beruflich war ich erfolgreich.

Warum Angst haben?

Konnte die Bösartigkeit des Dritten Reichs sich noch einmal
wiederholen?

Ja. Und noch viel schlimmer!

Drittes Kapitel

Im Jahr 2019 war ich in der Mittagszeit am Platz der ehemaligen Synagoge in Leipzig gewesen, als in Halle ein junger Mann Amok lief.

Er wollte tatsächlich alle jüdischen Mitglieder der Gemeinde am höchsten Feiertag in die Luft sprengen.

Was für eine Dämonie?

Glücklicherweise hatte das Türschloss den Gewehrsalven standgehalten und alle Gemeindemitglieder hatten überlebt.

Der junge Mann wurde, nachdem er noch viel Unheil angerichtet hatte, auf der A9 geschnappt.

Warum erzähle ich jetzt diese Episode aus dem Jahr 2019?

Es sind in den letzten Jahren doch viel schlimmere Dinge passiert.

Natürlich könnte ich noch viel brisantere Beispiele aufzählen.

Es geht mir aber gar nicht um die Dramatik.

Vielmehr geht es mir um die Dämonie!

Und sie ist überall die Gleiche!

Jetzt im Jahre 33 haben wir die Kulmination!

Wird das Böse siegen?

Wie schon einmal?

Viertes Kapitel

Ich hoffe nicht.

Irgendwann müssen wir doch aus unserer Vergangenheit lernen.

Da packte mich ein heftiger Spasmus.

Immer dieser Sphinkter ani!

Diese Verletzlichkeit hatte ich aus meinem letzten Leben mitgenommen. Dafür hatte ich aber auch Wahrnehmungsorgane erhalten.

Organe für Feinstoffliches! Die Welt um mich war immer belebt! Feinstoffliche Wesen waren immer in meiner unmittelbaren Nähe!

Auch, wenn ich irgendwo in der Natur war. Gerade dort trauten sie sich noch aus sich heraus.

Ich konnte die Wesen als feine Seelen wahrnehmen.

Auch mein eigenes Seelenleben aus verschiedenen Vorleben offenbarte sich mir.

Einmal war ich in einer Schulkommission von einer Seele überrumpelt worden. Ich sollte ein siebenjähriges Mädchen für schultauglich einstufen.

Das Mädchen wollte aber nicht.

Das spürte ich sehr deutlich.

Es sprach rein Äußerlich nichts gegen eine Einschulung. Nur in der Akte hatte ich einen Vermerk über den Suizid der Mutter gelesen.

Genau darauf wollte das Mädchen hinaus.

„Meine Mutter ist hier", flüsterte sie.

„Ich nehme deine Mutter auch wahr", sagte ich.

„Danke. Mein Vater zweifelt an meinen Wahrnehmungen. Meine Mutter möchte doch nur das Beste für uns alle. Sie möchte, dass wir nach Nordrhein-Westfalen ziehen, zur neuen Freundin meines Vaters. Meine Mutter ist nicht eifersüchtig. Sie will wirklich das Allerbeste für uns."

Mit meinen eigenen Wahrnehmungen konnte ich das bestätigen.

Letztendlich konnte ich den Vater überreden. Er konnte seine Schuldgefühle loslassen und nach Nordrhein-Westfalen umziehen.

Fünftes Kapitel

Ich war wieder in die Frau des letzten Lebens verwandelt
worden. Im Lager. Mein junges Leben hing an einem
seidenen Faden. Würde ich morgen in der Gaskammer
landen?

Der SS-Arzt sah mich streng an. Ich musste mich ausziehen.
Auch die Unterhose. Soldaten betraten den Raum und
schauten mich mit lüsternen Blicken an.

Vor Scham wollte ich am liebsten im Boden versinken.

„Du … du bist ein hinterhältiges Geschöpf", sagte der Arzt
mit einem schleimigen Unterton. Er konnte seine Begierde
fast nicht beherrschen.

„Darf ich für das Deutsche Reich arbeiten? Ich spreche
Russisch und andere slawische Sprachen. Ich könnte Ihnen
mit Übersetzungen behilflich sein", sagte ich in meiner
Verzweiflung. Mein Lebenstrieb war so stark, dass ich mich
auf alles einlassen würde.

„Du wirst uns noch bei ganz anderen Dingen nützlich sein",
sagte der Arzt mit seiner gehässigen Stimme. Dann wandte er
sich an die Soldaten: „Nehmt sie!"

Ich weiß nicht mehr, wann ich das Bewusstsein wieder
erlangte. Auf jeden Fall hatte ich schreckliche
Unterleibsschmerzen und mir war kalt. Unglaublich kalt.
Überall war Blut um mich. Auch funktionierten meine
Schließmuskeln im Unterleib nicht mehr.

Ich bereute, dass ich mich für das Leben entschieden hatte.
Ein schneller Tod wäre besser gewesen. Da kamen schon die
nächsten Männer auf mich zu. Wieder verfiel ich in eine
Ohnmacht.

Wie oft ich diese Prozedur erleiden musste, wusste ich nicht.

Als ich wieder aufwachte, war mir warm. Ich war in eine
einfache Frauenuniform gekleidet und lag auf einem
sauberen Bett. Ein ganzes Bett für mich. Ich konnte es nicht
fassen. Das tagelange Zusammengepfercht Sein und die
aufdringlichen Männerbesuche waren vorbei.

„Steh auf! Die Übersetzungsarbeiten stehen an", sagte ein
kalte Frauenstimme zu mir.

Ich konnte nicht aufstehen. Meine Glieder gehorchten mir
nicht.

„Steh auf! Ihr schizophrenen Juden seid zu nichts nutze.
Wenn ich in fünf Minuten wiederkomme und du nicht bereit
bist, kannst du dich auf die nächste Gaskammer freuen",
zischelte es aus der Frau heraus.

Eine Mischung aus Schmerz und Angst verlieh mir
übermenschliche Kräfte. Ich raffte mich auf und schaffte
meine Übersetzungsarbeiten zu aller Zufriedenheit. Als
Belohnung bekam ich eine große Portion Fleischsuppe.

Einige Tage später kam der Arzt zu mir uns sah mich kalt
und streng an.

„Du hast dir alles selbst zuzuschreiben. Glaube nicht, dass ich
dir auch nur das Geringste straflos durchgehen lassen werde.
Willst du jetzt Abbitte leisten?"

Ich richtete mich mit einem Ruck empor, starrte ihn mit großen Augen an und sagte leise, aber fest:

„Lieber sterben!"

„Das wirst du noch früh genug. Zieh dich jetzt aus. Mit meinen Soldaten hast du genug geübt. Jetzt zeige ich dir den Höhepunkt."

„Lieber sterben!"

Er wusste, dass es mir damit ernst war, und er hätte mich schlagen und vergewaltigen mögen, bis ich Abbitte leisten würde. Aber das wagte er doch nicht. So sagte er nur:

„Gut, so wirst du deine Strafe auf andere Art erhalten. Mit solchen Dickköpfen, wie du einer bist, darf man keine Nachsicht haben. Du wirst schon lernen, Order zu parieren. Vorläufig erhältst du strengen Zimmerarrest und bekommst täglich nur eine Mahlzeit, bis du auf deinen Knien vor mir Abbitte geleistet hast. Willst du das tun, lass mich rufen. Fräulein Oberaufseherin wird mich informieren."

Ich war gefangen.

Überall brannte mein Körper erneut auf. Eine weitere Vergewaltigung durch den rohen Arzt hätte ich nicht überlebt.

Plötzlich hörte ich ein leises Klopfen an der Tür.

„Wer ist da?" fragte ich.

„Ich bin eine wohlwollende Frau, auch eine Übersetzerin, so wie Sie. Ich habe das Blutbad beendet, welches mit Ihnen gemacht wurde. Kann ich Ihnen helfen?"

„Ach, liebe Frau, ich habe Zimmerarrest und soll durch Hunger gefügig gemacht werden."

Die Frau stieß einen leisen Zornesruf aus.

„Oh, ich werde Sie nicht verhungern lassen. Kommen Sie abends um elf ans vergitterte Fenster. Ich werde Sie durch den offenen Fensterspalt mit Lebensmitteln versorgen."

„Gute Frau, ich danke Ihnen!"

Sechstes Kapitel

Die Verzweiflung war zu übermächtig.

Da konnte eine liebevolle Frau auch nicht weiterhelfen. Ich konnte einfach die ganzen Kindervergasungen nicht mit ansehen.

Ich konnte an einen gewissen Punkt nicht mehr!

Die Überlebensschuld war zu groß.

Ich verweigerte mich. Ich wollte sterben. Kein Leid mehr! Keine Vergewaltigungen! Keine Übersetzungsarbeiten!

„Ihr sterbt früher oder später als Schweine. Ich sterbe jetzt als Heldin", waren meine letzten Worte.

Noch heute spüre ich all das Leid der vergasten Juden, aber natürlich auch meine eigenen Vergewaltigungen und den letzten Todesschuss in mir.

Es macht mich wach. Sensibel für das Leid der Welt. Aufmerksam für das Gute. Und natürlich spüre ich auch die Dämonie. Ich spüre die Bestien.

Sie sind nicht mehr angekettet.

Vor hundert Jahre hatten sie schon einmal über Hitler in der ganzen Menschheit ihren Zerstörungstrieb ausgelebt.

Jetzt waren sie wieder los.

„Heil Hitler! Er ist wieder da!" flüsterten sie mit Genugtuung.

Ich spürte es mit jeder Faser meines Leibes.

Wie viele Menschen würde sie ergreifen?

Warum sympathisierten so viele Menschen mit den Ultrarechten auf der ganzen Welt?

Kamen die Dämonen aus dem Westen?

Hatten sie mit ihren Feuerfüßen schon den Regenbogen der Mitte und auch die luftigen Wolkenmenschen im Osten korrumpiert?

Seit wann hatten wir eigentlich eine aus dem Westen gesteuerte Weltregierung?

Waren wir alle Marionetten?

Ich konnte mir selbst keine Antwort geben.

Langsam fiel mir die Zahl 666 ein.

Die Zahl der Dämonen?

War diese Zahl nicht einfach nur eine Verschwörungstheorie?

Siebtes Kapitel

Lange wusste ich schon, dass ich eine dreigegliederte Seele hatte. Denken, Fühlen und Wollen! Wie man so schön sagt.

Schwach erinnerte ich mich an die Zeit 666 n. Christus.

Damals war ich Teil einer Denkverschwörungsorganisation gewesen.

Wir hatten die Zeit beschleunigt und das Denken vom Fühlen und Wollen abgekoppelt.

Die Dämonen hatten sich ins Fäustchen gelacht.

Dann kam die Zeit 1332, die Wiederholung der 666.

Der Angriff auf das Fühlen. Jetzt wurde auch noch das Fühlen korrumpiert.

Viele reine Geister, unter anderen auch die Templer, wurden vernichtet.

500 Jahre später wurde Kaspar Hauser vernichtet und 100 Jahre später kam Hitler mit 44 Jahren an die Macht.

Musste ich gerade jetzt meinen karmischen Ausgleich für meine damaligen Denkverschwörungen erleiden?

Die Wirkung folgt der Ursache.

Der Pendelschlag des Schicksals.

Dann 1998, dreimal 666, waren wir schon teilweise aus der Zeit heraus.

Hatten wir die Unsterblichkeit oder das ewige Elend erreicht?

Oder waren wir im tiefsten Sumpf der Zeitvernichtung verstrickt?

Ängste, Krebs und Depressionen nahmen exponentiell zu.

Immer mehr Menschen landeten in Krankenhäusern und Psychiatrien.

Ein Angriff auf das Allerheiligste, das eigene Selbst!

Achtes Kapitel

„Und Elohim sprach: Es werden Lichter an der Feste des
Himmels, die da scheiden Tag und Nacht und geben Zeichen,
Zeiten, Tage und Jahre und seien Lichter an der Feste des
Himmels, dass sie scheinen auf Erden. Und es geschah also.“
1. Moses 1, 14 u. 15.

Die Sternenkonstellation, die sich am 23. September 2017
ereignet hat, kommt nur alle 7000 Jahre einmal vor.

Am 23. September 2017 bekleidete die Sonne das Haupt der
Jungfrau. Der Mond befand sich zu ihren Füßen. Und im
Sternbild Löwe, das regulär aus 9 Sternen besteht, befanden
sich die Planeten Venus, Mars und Merkur. Zusammen
bildeten sie eine Krone für die Jungfrau aus 12 Sternen.

Jupiter, der weise König, verließ in der Jungfrau den Bereich,
den man durchaus als Gebärmutter bezeichnen darf.

Die Bibelstelle aus der Offenbarung 12, 1 und 2 kündigt diese
Konstellation an:

„Und es erschien ein großes Zeichen im Himmel: ein Weib,
mit der Sonne bekleidet, und der Mond unter ihren Füßen
und auf ihrem Haupt eine Krone mit zwölf goldenen Sternen.
Und sie war schwanger und schrie in Kindesnöten und hatte
große Qual zur Geburt.“

Aus dem Sternbild Löwe kommend war Jupiter in das
Sternbild Jungfrau eingetreten. Ende November 2016 war der
Beginn der Schwangerschaft gewesen. Nach 42 Wochen
(Schwangerschaftszeit beim Menschen) am 23. 9. 2017 hat
Jupiter die Jungfrau verlassen.

Die Jungfrau war liegend am Himmel zu sehen. Dass sich oberhalb von Jungfrau und Löwe das Sternbild des in den weiteren Versen von Offenbarung 12 erwähnten Drachens befindet sowie unter der Jungfrau eine Schlange mit einer Krone aus 7 Sternen über ihrem Kopf, ist auch ein tiefes Geheimnis, welches zur Offenbarung kommen wird.

Kann aber der 23.9.2017 wirklich der in Off. 12, 1-2 beschriebene Zeitpunkt sein? Dann dürfen wir erwarten, dass noch mehr biblische Aspekte um diese Zeit herum und in den nächsten Jahrzehnten greifbar werden.

Neuntes Kapitel

Jetzt, 2033, waren alle Geheimnisse offenbar geworden.

Wer würde siegen?

Die Schlange und der Drache?

Die Isolation jedes Einzelnen in sich selbst! Der Kampf alle gegen alle.

Oder die Jungfrau? Das Zeichen für eine soziale und gerechte Zukunft!

Wenden wir den Blick 2000 Jahre zurück. Das Wort des Christus: „Ich bin der Weg, die Wahrheit und das Leben."

Wird es sich erfüllen?

Oder werden die Dämonen in Hitler, in der Schlange und im Drachen übermächtig werden?

Sie hatten ja jetzt schon alle Ketten gesprengt!

Sie wüteten, wo sie konnten.

In jedem Innern, zu welchem sie Zugang hatten.

Die Ichlosigkeit wollte immer mehr um sich greifen.

So wie Hitler sein „Ich" verloren hatte, hatten viele Menschen ihr „Ich" ergriffen.

Ruhevoll und gelassen konnten sie das Menschenglück vom Unglück unterscheiden.

Sie konnten die Welt fassen und das Leben verstehen.

Ohne überschwängliche Liebe, ohne Hass entwickelten sie einen gleichmütigen Lebensstrom.

Die Schlange und die egozentrierte Hitlerdämonie verschwanden und im tiefsten Herzen offenbarte sich das göttliche Wort.